MATERNAL
Educação Infantil

QUE TAL COLORIR OS URSOS E AS BORBOLETAS?

QUANTAS JOANINHAS HÁ NO JARDIM?

O SOL BRILHA PARA ALEGRAR A NOSSA VIDA!

PINTE AS LETRAS COM CORES DIFERENTES!

O BALÃO E A PIPA VOAM ALTO PARA O CÉU... VAMOS PINTAR?

PINTE O FOGUETE E AS ESTRELAS... DEIXE TUDO BEM BONITO!

PINTE AS FLORES DO QUADRINHO!

UM PAR DE LUVAS BEM DIVERTIDAS...

PARA VOCÊ BRINCAR DE COLORIR!

O GATINHO GOSTA DA GATINHA... VAMOS COLORIR?

PINTE A CENA BEM COLORIDA!

PINTE O CASTELO DE CONTO DE FADA...

PINTE O CASTELO DE CONTO DE FADA...

... E O BONEQUINHO QUE GOSTA DE DANÇAR!

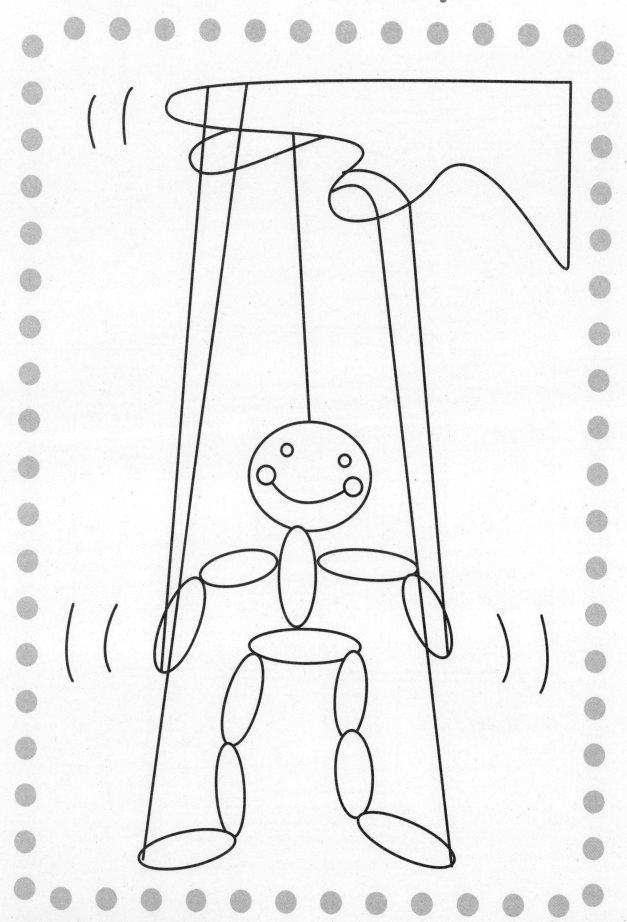

PIUIÍ... APITA O TRENZINHO QUANDO SOBE E DESCE...

PIUIÍ... APITA O TRENZINHO QUANDO SOBE E DESCE...

ENQUANTO AS ABELHAS VÃO PARA A COLMEIA!

SERÁ QUE O OSSO É MAIOR QUE O CÃOZINHO?

COMPLETE OS TRACEJADOS E PINTE OS DESENHOS.

VAMOS COMPLETAR OS CÍRCULOS E COLORIR A IMAGEM?

MAIOR E MENOR: COMPLETE E PINTE COM CORES DIFERENTES!

ESTE É O NÚMERO 1. QUE TAL COLORIR CADA UNIDADE?

COMPLETE E PINTE ESTAS FORMAS GEOMÉTRICAS!

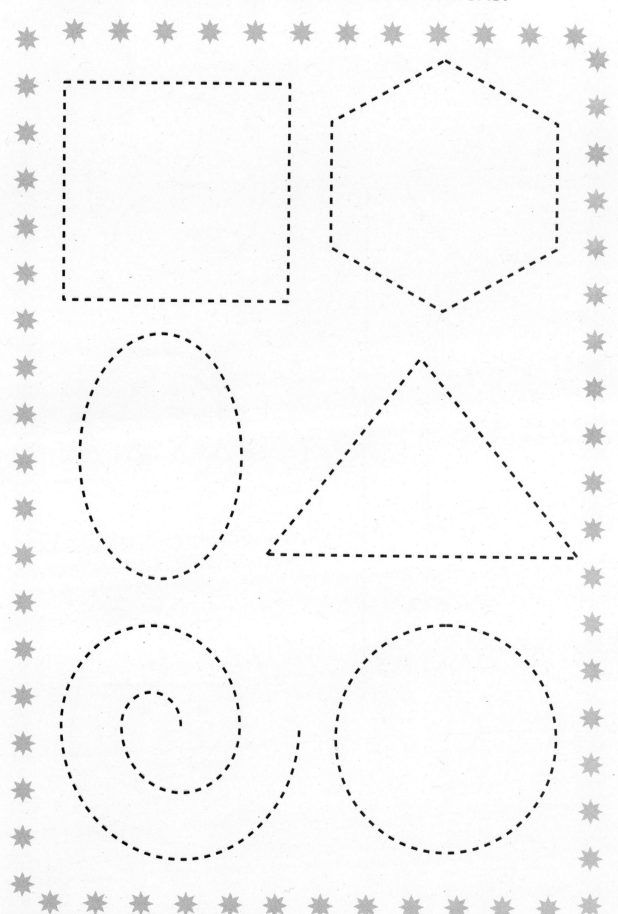

QUEM É MAIS **ALTO**? COMPLETE E PINTE A CENA.

AS FORMAS GEOMÉTRICAS ESTÃO NO SOL E NO MAR!

COMPLETE O NÚMERO 2 E PINTE AS FIGURAS!

QUEM É MENOR: O BEZERRO OU A VACA?

QUEM É MENOR: O BEZERRO OU A VACA?

VAMOS COLORIR OS URSINHOS EM 3 TAMANHOS?

HÁ FORMAS GEOMÉTRICAS TAMBÉM NA CIDADE!

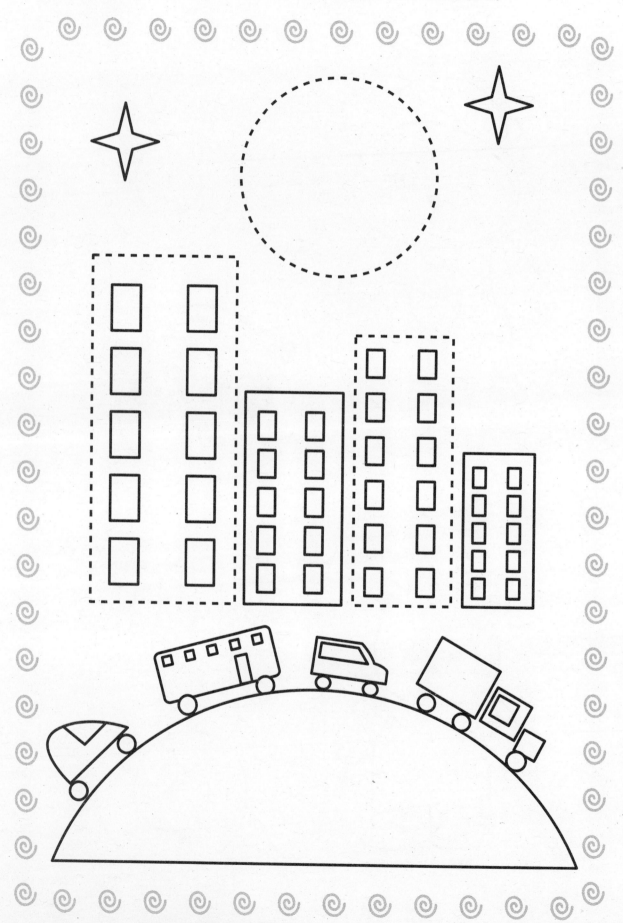

HÁ FORMAS GEOMÉTRICAS TAMBÉM NA CIDADE!

TREINANDO OS NÚMEROS: 1 COELHO COME 2 CENOURAS!

PINTE IGUAIS AS FIGURAS DE MESMO TAMANHO!

COMPLETE OS TRACEJADOS E PINTE AS FIGURAS!

ESQUERDA OU DIREITA: PARA ONDE VÃO OS GOLFINHOS?

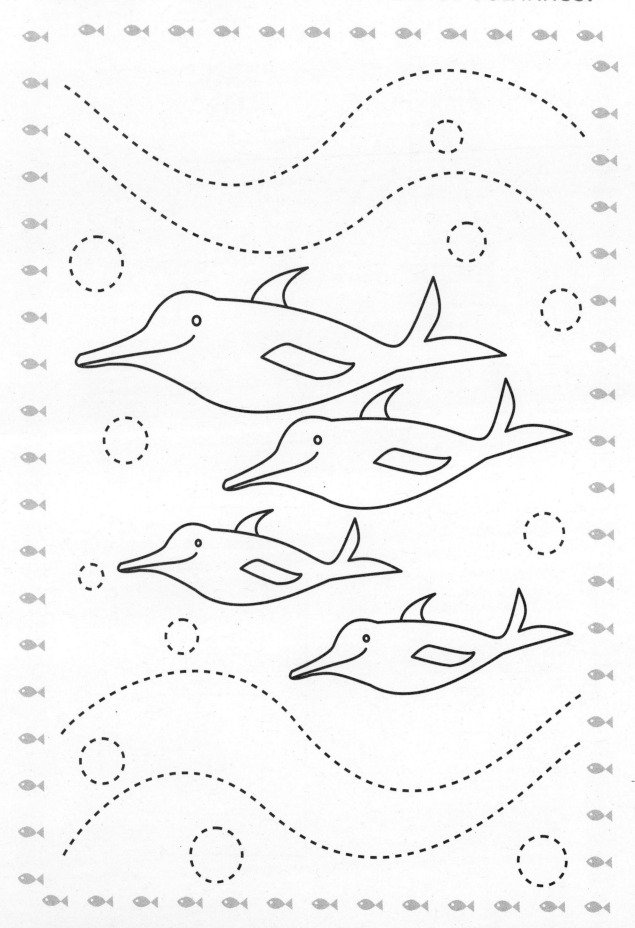

QUE TAL COLORIR OS NOVOS AMIGUINHOS?

QUE TAL COMPLETAR OS TRACEJADOS?

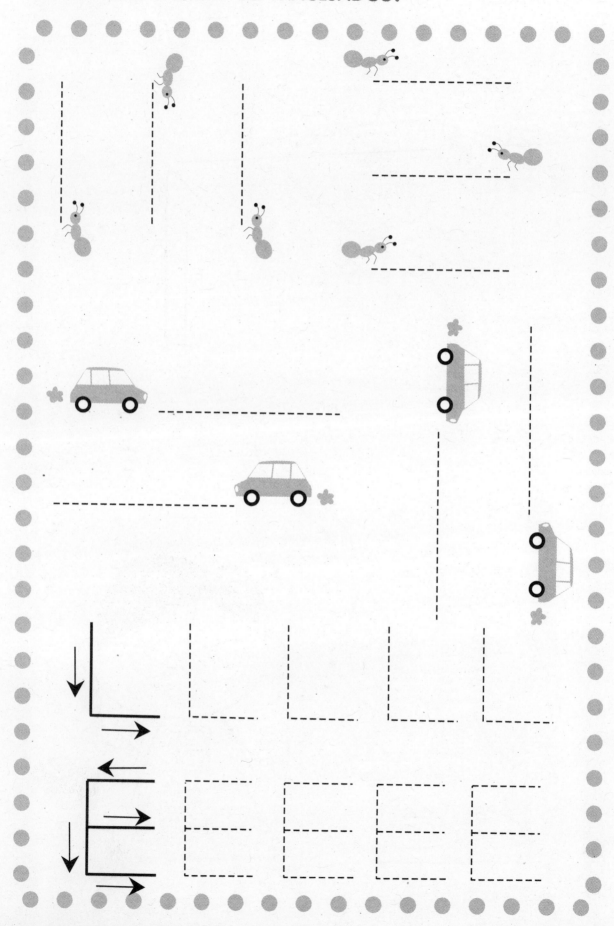

AGORA, COMPLETE O TRACEJADO E PINTE AS FIGURAS!

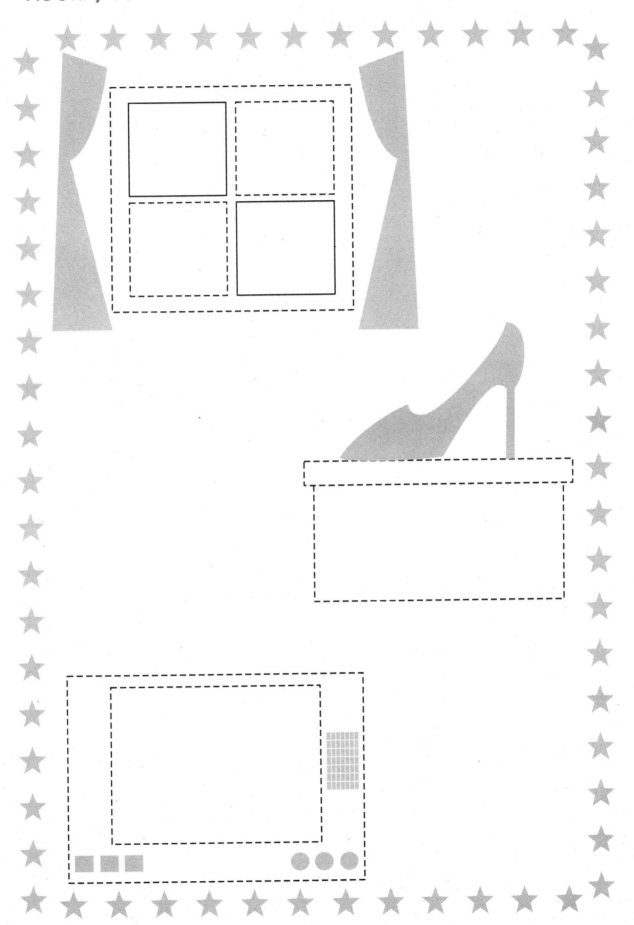

LIGUE COM UM TRAÇO OS PARES DE FIGURAS IGUAIS.

DESCUBRA O QUE ESTÁ **DIFERENTE** EM CADA PAR.

QUE TAL COMPLETAR O TRACEJADO E COLORIR A IMAGEM?

ABERTO E FECHADO: LIGUE OS PARES COM UM TRAÇO.

PINTE O COELHO E DESCUBRA QUAL É A SOMBRA CERTA.

TREINE A ESCRITA DO NÚMERO 1.

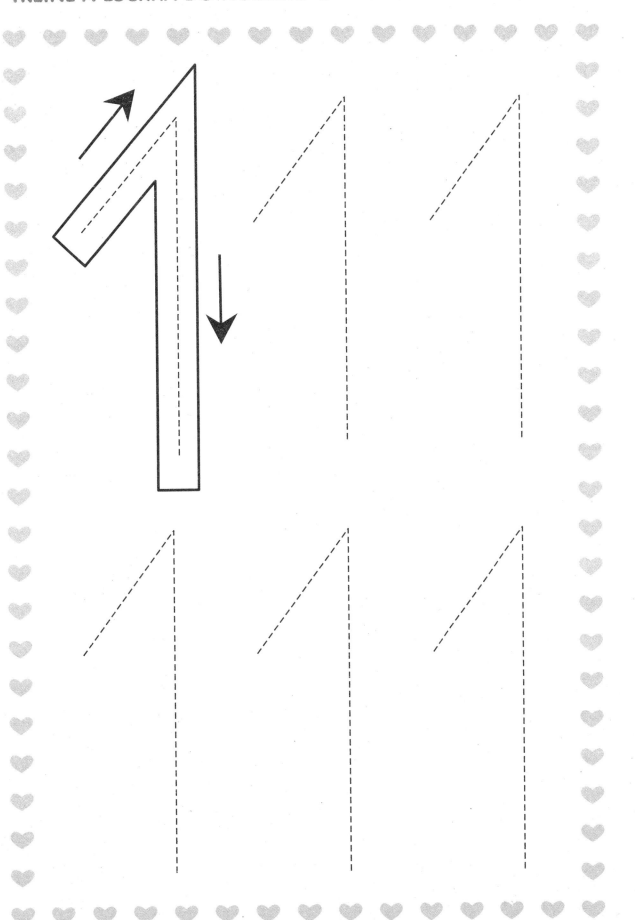

AGORA, COMPLETE OS NÚMEROS E PINTE AS FIGURAS!

AGORA, COMPLETE OS NÚMEROS E PINTE AS FIGURAS!

GRANDE E PEQUENO: LIGUE OS PARES COM UM TRAÇO.

LIGUE COM UM TRAÇO OS PARES DE FIGURAS IGUAIS.

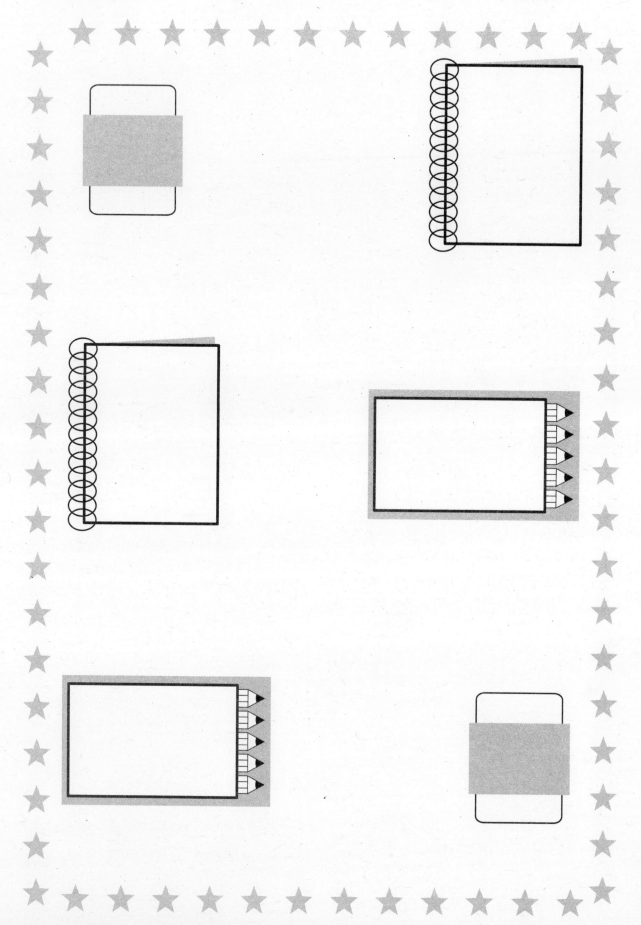

SIGA A TRILHA DA JOANINHA...

DENTRO E FORA: LIGUE OS PARES CORRESPONDENTES.

ALTO E BAIXO: COMPLETE OS TRACEJADOS E PINTE O DESENHO.

COMPLETE O TRACEJADO E DEIXE A CENA BEM COLORIDA.

COMPLETE O TRACEJADO E TREINE UM POUCO MAIS!

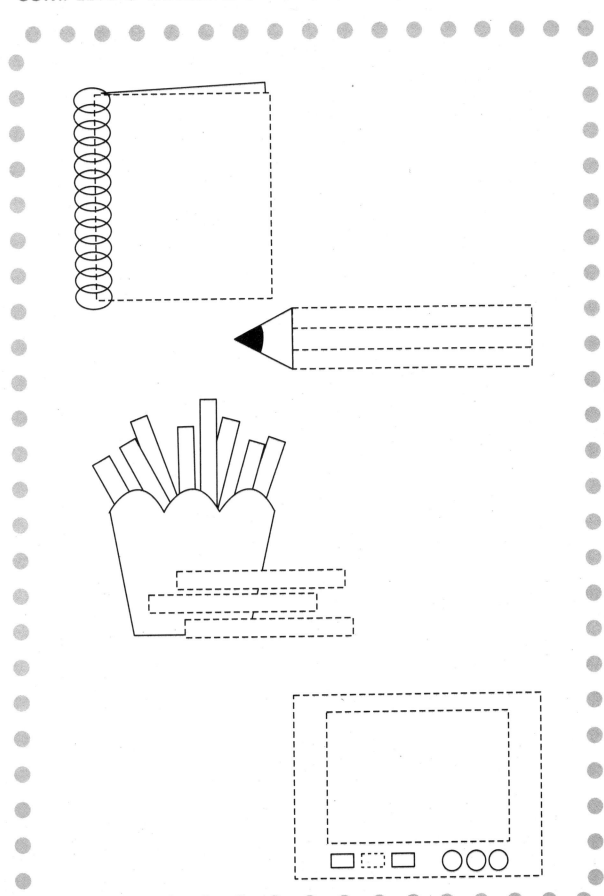

QUE TAL COMPLETAR E COLORIR OS DESENHOS?

COMPLETE OS TRACEJADOS E PINTE AS FIGURAS.

COMPLETE O DESENHO E DESCUBRA A SOMBRA CORRETA.

SIGA A TRILHA DA MINHOCA!

LIGUE COM UM TRAÇO OS PARES DE FIGURAS IGUAIS.

CHEIO E VAZIO: COMPLETE OS DESENHOS.

COMPLETE E PINTE O DESENHO.

VAMOS TREINAR OS NÚMEROS 1 E 2?

AGORA, COMPLETE OS NÚMEROS E PINTE OS PARES!

REDONDO E OVAL: COMPLETE E PINTE AS FIGURAS.

SIGA A TRILHA PARA LEVAR O URSO ATÉ A CASINHA.

PINTE E RESPONDA.
O QUE ESTÁ EM CIMA? O QUE ESTÁ EMBAIXO?

LIGUE COM UM TRAÇO OS PARES SEMELHANTES.

LIGUE COM UM TRAÇO OS PARES SEMELHANTES.

VAMOS COMPLETAR E COLORIR O DESENHO?

SIGA A TRILHA PARA LEVAR O TREM AO TÚNEL.